To. 세상 가장 소중한

_____에게

이 책을 드립니다.

From. _____

미키 마우스,
나 자신을 사랑해줘

세상
가장 소중한
당신에게

미키 마우스,
나 자신을
사랑해줘

미키 마우스 원작

알에이치코리아

뉴욕에서 로스앤젤레스로 가는 기차 안,
월트 디즈니의 손에서 탄생한 생쥐 캐릭터는
1928년 '미키 마우스'라는 이름을 얻으며,
스튜디오 월트 디즈니의 상징적인 캐릭터로
자리매김했습니다.

분주한 몸짓으로 브라운관을 가득 채웠던
어린 시절의 친구 미키 마우스가,
이제 어른이 된 그때의 어린이들에게
꿈과 희망의 메시지를 전하고자 합니다.

네가 호기심을 가질 때

When you're curious

수많은 흥미로운 일들이 일어날 거야.
you find lots of interesting things to do.

어린 시절 장난스러운 얼굴로 작은 화면을 분주하게 오가던 미키 마
우스와 미니 마우스를 기억하시나요? 대사 없이 흘러가는 대부분의
장면들 속에서, 어느 날 문득 미키 마우스가 던진 대사 한마디가 의미
심장하게 다가옵니다.

"모든 여행의 궁극적인 목적지는 행복이야."

미키 마우스는 이 대사를 통해 말합니다. 세상을 살아가며 우리가 하
는 모든 일이 행복을 찾기 위한 '여행'이라고 생각한다면 우리가 삶을
대하는 태도나 생각 또한 달라지지 않겠냐고요. 이것을 깨닫는 순간
우리의 삶에도 진짜 여행이 시작될 테니까요.

행복에 관해 이와 비슷한 생각을 가진 사람이 있었습니다. 바로 철학
자 에밀 샤르티에입니다. 그의 '행복론'에는 한순간 괴로움을 잊게 해
주는 달콤한 말보다는 행복이란 목적지에 반드시 도착하겠다는 강한
의지가 담겨 있습니다.

"자신의 힘으로 행복을 만들 수 없다면,
행복해질 수 있는 다른 방법은 없다."

스스로 행복을 찾기 위해선 스스로의 삶에 대한 긍정이 필요해요. 나의 존재와 삶, 일상의 모든 것들을 소중하게 아끼는 마음과 나 자신에게 사랑과 존중을 전하는 태도는 행복을 향한 가장 적극적인 방식이 되어줄 거예요. 그러니 스스로를 사랑하며, 자신을 향해 웃어주세요.

그래서 이 책에는 적극적으로 행복의 지혜를 구했던 에밀 샤르티에와 행복을 찾는 여행을 떠났던 미키 마우스의 이야기가 담겨 있습니다. 말하자면 미키 마우스의 목소리로 이야기하고 에밀 샤르티에의 '행복론'이 거드는 셈이지요. 이제 모두의 추억 속 친구 미키 마우스가 전하는 행복이라는 선물을 받아보세요.

당신의 여행 끝자락에도 행복한 미소가 가득하기를.

미키 마우스와 친구들

미키 마우스

어떤 일이든 척척해내는
밝고 유쾌한 성격의 주인공.

미니 마우스

사랑스럽고 누구에게나 친절하지만
때로 단호하기도 한
미키 마우스의 베스트 프렌드.

도널드 덕

성질이 급하지만
귀여운 면이 있는
장난꾸러기 오리 친구.

데이지 덕

아름다운 외모에
노래 부르는 것을 좋아하는
도널드 덕의 여자친구.

구피

서투른 면이 있지만
개성 넘치는 미키 마우스와
도널드 덕의 친구.

플루토

미키 마우스와 늘 모든 것을
함께하는 쾌활한 성격의 친구.

1

MICKEY MOUSE

똑같던 날들이
특별한 하루가
될 거야

삶의 문제를 푸는 법은
생각보다 단순해요

▰◀▶▰

예상치 못한 문제로 우왕좌왕하다가 끝내 진이 빠진 경험이 있나요? 이를테면 아무리 달래도 아기가 울음을 그치지 않으면, 아기의 성격이나 오늘의 운수를 탓하며 어쩌면 전혀 상관없는 것들에 원인을 돌리기도 하죠. 그런데 다음 순간 아기의 옷에 박힌 옷핀을 발견한다면 그제야 진짜 원인은 옷핀이라는 것을 알게 되겠지요. 삶의 문제도 그래요. 의외로 생각지 못한 엉뚱한 곳에 원인이 숨겨져 있을 수도 있어요.

일단 시작하면
지금의 불안이 사라질지도 몰라요

▶◀

불안감 해소를 위한 좋은 방법은 행동하는 거예요.
막연한 불안을 느낄 때 논리적으로 생각하다 보면 그
저 괴로워질 뿐이죠. 그보다는 작은 것이라도 좋으니
무엇이든 시작해보세요. 아마도 당신이 걱정하는 그
일은 일어나지 않을 거예요. 그것을 알면 불안감으로
부터 벗어날 수 있을 거예요.

미키 마우스 _____
나 자신을 사랑해줘

기쁨과 다정함이 담긴
하루를 보내세요

><

살다 보면 나의 말과 행동이 나의 사고방식까지 바꾸는 것
처럼 느껴질 때가 있어요. 그러니 마음을 열고 기쁨과 즐
거움 그리고 다정함이 담겨 있는 말과 행동을 따라 해보
세요. 신기하게도 그 순간에는 부정적인 생각이 들지 않아
요. 그리고 그런 말과 행동이 나의 내면을 변화시키는 것
을 느낄 수 있을 거예요. 모든 것은 마음에서 시작된다는
것을 기억하세요.

마음이 무거울 땐
먼저 나에게 집중해보세요

◄►

부정적인 기분을 느끼는 것은 자연스러운 감정이니 어쩔 수 없을 거예요. 하지만 그 감정을 푸는 방법은 의외로 단순하답니다. 몸에서 통증을 느낄 때 기분까지 함께 가라앉고 예민해진 적이 있나요? 그럴 때 짜증이라는 감정에 빠지기보다는 통증이라는 감각 자체에 집중하며 스트레칭이라도 하다 보면 그 감정이 약해지는 것이 느껴집니다. 사실 부정적인 감정도 그와 비슷해요. 감정에 휩쓸려 동요하며 초조해하기보다는 나에게 먼저 집중해보세요. 그러면 그 불쾌한 감정이 조금은 잠잠해질 거예요.

오늘을 선물처럼 살아요

▸◂

게으른 사람은 입버릇처럼 그때 그렇게 했어야 한다
며 아쉬워해요. 하지만 후회하며 보내는 그 시간에 작
은 일 하나를 시작하는 것은 어떨까요? 반대로 이전
에 아무리 열심히 살았더라도 지금 그렇지 않으면 의
미가 없어요. 과거를 자랑스럽게 여기며 현재의 편안
함에 안주하는 것은 과거를 후회하는 것만큼이나 어
리석은 일이니까요. 평생 얽매여야 할 만큼 괴로운 지
난 일도, 절대 바로잡을 수 없는 과거도 없거든요. 그
러니 오늘을 선물처럼 살아보아요. 웃을 일이 많아질
거예요.

미래는 아직 아무것도
정해지지 않았어요

우리는 누구나 미래를 궁금해합니다. 그래서 이런저런
방법으로 미래를 점쳐보기도 하고요. 하지만 아무리
많은 지식을 가진 사람이라도 미래를 알 수는 없어요.
인생의 중요한 일들은 늘 예고 없이 일어나니까요. 그
러니 미래를 궁금해하면서 오늘을 헛되이 보내지 말고
지금 눈에 보이는 현재에 집중해보는 게 어떨까요.

미키 마우스 _____
나 자신을 사랑해줘

작은 노력이
계속 쌓이다 보면

티끌 모아 태산이라는 말이 있어요. 작은 노력과 오늘이 쌓여 큰일을 이룰 수 있다는 뜻이죠. 지금 당장 눈에 보이는 결과가 없더라도 스스로 해낼 것을 믿고 끊임없이 노력해보세요. 우리가 깨닫지 못하는 사이 많은 일들이 우리에게 유리한 방향으로 흘러갈 수 있도록요. 세상의 모든 일은 정해져 있지 않아요. 작은 노력이라도 꾸준히 계속 한다면 언젠가 멋진 결과를 얻을 수 있답니다.

이유 없이 피곤하다면
마음의 휴식이 필요한 거예요

▶◀

하품이 나오면 우리는 몸이 피곤하다는 신호로 받아
들이죠. 그처럼 가슴이 답답하거나 이유 없는 긴장과
불안이 느껴지는 것은 지친 마음에 휴식이 필요하다
는 신호일지 몰라요. 반복되는 이런 신호를 그냥 넘기
지 않고 그때그때 해소해야 살아 있다는 사실에 기쁨
을 느끼고, 심신의 지침과 괴로움을 이겨낼 마음의
여유를 찾을 수 있어요.

노력해 얻은 결과만이
진짜 내 것이 될 수 있어요

▰

세상 일이 늘 뜻대로 되지는 않아요. 땅은 사람의 손이
닿기 전까지 덤불과 잡초들로 가득합니다. 내게 해를
입히진 않지만 도움이 되는 것도 아닌 셈이죠. 내 손이
닿아야 비로소 내 편이 되어준답니다. 그러니 내 손길
이 닿지 않은 무언가가 내 편이 되어준다고 그냥 좋아
할 필요는 없어요. 내 힘으로 이룬 것이 아니라면 언제
든 잃어버릴 수 있다는 것을 기억해주세요.

똑같은 일도
다른 시선으로 바라보면

×

유쾌한 사냥꾼과 우울한 사냥꾼이 있어요. 우울한 사냥꾼은 토끼를 놓치면 자신의 처지를 비관하고 한탄합니다. 반면, 유쾌한 사냥꾼은 토끼가 영리하다며 감탄합니다. 유쾌한 사냥꾼은 토끼가 제 발로 냄비 안에 뛰어들 리 없다는 사실도 잘 알고 있죠. 똑같은 일에도 서로 다른 두 가지 생각을 가질 수 있다는 것을 기억하세요.

미키 마우스 ____
나 자신을 사랑해줘

나의 부족함을 있는 그대로 인정하면
앞으로 나아갈 수 있어요

▰

늘 외부에서 원인을 찾으며 투덜거리는 사람은 어
떤 일에도 만족할 수 없어요. 자신의 잘못과 어리
석음을 인정하는 사람만이 그 경험을 토대로 더 나
아갈 수 있답니다.

지금 하는 일을 꾸준히 하고
사랑해보아요

▸◂

갈망한다는 것은 무언가를 깊이 바라고 또 그걸 얻고자
계속 노력하는 자세를 의미해요. 세상은 스스로 깊은
바람을 가지지 않은 사람에게 아무것도 주지 않아요.
지식이 풍부하고 머리가 좋은 것만으로는 부족해요. 일
단 지금 자신이 하고 있는 일을 진심으로 사랑하고 갈
망해보세요. 그것이 멋진 삶의 첫 단추가 될 거예요.

진심으로 바라는 마음만이

사람들은 소원이 이루어지지 않는다고, 원하는 것
을 손에 넣지 못했다고 슬퍼해요. 하지만 한 번만
다시 생각해보세요. 진심으로 간절히 바라지 않은
건 아닌가요?

가까워질수록 단점도
더 잘 보이기 마련이에요

◗◖

서로 잘 맞는다고 생각해서 가까워졌는데, 의외의 면을 발견하고 마음이 멀어진 적이 있나요? 인간관계에서는 거리가 가까워질수록 단점을 더 잘 보이고 그래서 애정을 잃기도 쉬워요. 그러나 반대로 이렇게 생각해보세요. 가깝지 않은 사람 앞에서는 불편해도 격식을 갖춰야 하지만 애정이 있는 관계에서는 속마음을 솔직하게 드러내고 좋지 않은 모습도 보여줄 수 있는 거잖아요. 그만큼 두 사람의 애정이 두텁다는 이야기가 아닐까요?

인생을 다양한 경험으로 채워요

►◄

우리는 본래 세상에 직접 뛰어들어 다양한 경험
을 하며 느끼고 행동하는 존재입니다. 생각만으로
는 더 이상 나아가기 힘들어요. 프랑스의 한 철학
자는 자신만의 생각에 갇혀 더 이상 다른 세계를
보려 하지 않는 사람들을 인간의 본성에서 멀어
진 존재라고 말했답니다.

어떤 일이든
스스로 결정해야 즐길 수 있어요

◄►

어떤 일이든 스스로 결정할 수 있을 때 즐길 수
있어요. 같은 일이라도 다른 사람의 지시를 따
라야 되면 재미없는 일이 되고 말지요. 내가 스
스로 책임지는 일이란 그렇게 어렵지만 그만큼
즐거움이 함께 한답니다.

어렵게 손에 넣은 것은
그만한 가치가 있어요

►◄

아무것도 하지 않는 사람은 편하기는 하겠지만 삶의
즐거움도 느끼기 어려워요. 틀에 박힌 행복에 그저
안주하고 말지요. 예를 들어 음악은 듣는 즐거움뿐만
아니라 연주하는 즐거움도 있잖아요. 내가 직접 연주
하는 것이 주는 또 다른 기쁨이 있죠. 어떤 목표로 가
는 과정에서 겪는 어려움은 우리에게 더 많은 것들을
느끼고 갈망하게 만드는 계기가 됩니다. 원하는 것을
스스로 얻는 즐거움을 찾아보세요.

행복은 음미하는 것이 아니라
온몸으로 느끼는 거예요

나의 마음에 따라 살아가는 것에 즐거움의 본질이 있
어요. 아무것도 하지 않아도 단맛을 느끼게 해주는 사
탕은 행복의 본질처럼 느껴지지만 사실 그것은 잠깐
입을 즐겁게 해줄 뿐이죠. 진짜 행복은 가만히 앉아 음
미할 수 있는 것이 아니에요. 직접 생각하고, 발로 뛰
고, 행동할 때만 직접 그 행복을 움켜쥘 수가 있어요.

알면 알수록
인생의 즐거움은 커져요

어떤 사람은 행복이 언제나 자신에게서 도망치려 한다고 말합니다. 다른 사람에게서 얻은 행복이라면 그럴 수도 있어요. 타인이 주는 행복이라는 것은 원래 존재하지 않기 때문이에요. 하지만 스스로 만든 행복은 절대 달아나지 않아요. 예를 들어 뭔가를 배우는 일이 그렇습니다. 이해의 폭이 넓어질수록 즐거움은 배가 돼죠. 무슨 일이든 계속 배우면 끝없는 즐거움을 느낄 수 있어요. 인생의 즐거움은 그런 것이랍니다.

멈춰 있기보다는
지금 작은 시도를 해보세요

▶◀

철학자 헤겔은 사람의 영혼을 우울감에 휩싸여 괴
로워하는 존재라고 설명했습니다. 그러니 혼자서 자
신을 돌아보며 이리저리 궁리해봐도 명쾌한 답을 찾
지 못할 수도 있어요. 하지만 멈추지 마세요. 그저 머
물다 보면 불안과 슬픔, 초조함만 밀려올 테니까요.

2

MICKEY MOUSE

내 마음이
시키는 대로
나아갈 것

많은 사람들이 오늘 마음먹어도 실천은 내일로 미루곤 합니다. 나중에 할 거라는 말을 입에 달고 살면서 말이지요. 하지만 그 말은 절대 정답이 될 수 없어요. '지금 할 거야'라는 태도만이 내가 원하는 내일의 나를 만들 수 있답니다.

내일을 만드는 것은
오늘의 행동이에요

일을 하며 얻는 성장이
삶에 큰 힘이 돼요

▰

진정한 음악가는 음악을 즐기는 사람이며, 진정한 정
치가는 정치를 즐기는 사람이라는 말이 있습니다. 어
떤 분야든 자신의 일을 즐길 줄 아는 사람이 능력을
발휘할 수 있다는 뜻이에요. 나의 성장이나 일의 발
전으로 느끼는 즐거움은 나의 인생에 큰 힘이 되고
그 힘은 일할 때 다시 발휘된답니다. 내 의지로 선택
한 일이 매력적인 이유는 이 때문이에요.

최고의 선택은
내 의지가 담긴 선택이에요

◄►

나의 마음을 따른 선택이 언제나 최선일 거예요. 스
스로 선택한 일에는 온 마음을 쏟아 집중할 수 있거
든요. 또한 내 의지를 담은 일이 완성되어 가는 과정
을 통해 한 걸음 더 나아갈 수 있는 힘을 얻을 수 있
어요. 그것이 바로 최고의 선택 아닐까요?

미키 마우스
나 자신을 사랑해줘

때로는
쉬어갈 때도 있어야죠

▶◀

공부에 흥미가 없는 사람이 억지로 책상 앞에 앉아
있는다고 해서 온전히 집중할 수 있을까요? 책상에
앉아 있어야 한다는 강박이 있으면 그 앞에 앉을 때
마다 피로감을 느낄 거예요. 배움도, 일도 마찬가지
예요. 무조건 정한 대로 하기보다는 집중해서 일하
고, 정신이 어지러울 때는 잠시 쉬며 기분 전환을 해
보세요. 강박을 조금 내려놓으면 그 시간을 즐길 수
있을 거예요.

우울할 때는 창밖을 바라보세요

◗◖

마음이 우울하게 가라앉았을 때는 창밖을 바라보세요.
하늘과 바다 너머, 그렇게 조금 먼 곳을 응시하다 보
면 마음이 조금씩 안정되고 평온해지는 것을 느낄 거
예요. 평온한 풍경이 눈에 담기면 어지럽던 머릿속이
개운해지면서 발걸음에도 힘이 실리고 몸의 긴장이
풀리며 마음도 한결 편안해질 거예요.

부드럽고 유연한 사고가
더 많은 것을 이해하게 해줘요

따로 벌어진 몇 가지 일들이 어느 순간 하나의 궤로 연결되며 이해되는 순간이 있습니다. 그것을 이해하면 한 가지 생각이 또 다른 생각으로 자연스럽게 이어질 수 있죠. 강의 물결을 보며 바람의 영향을 생각하고, 그 생각이 자연의 법칙으로까지 이어지는 것처럼요. 이렇듯 지혜란 작고 사소한 것이라도 모든 것이 이어진다는 사실을 이해하는 것에서 시작된답니다. 한 가지 생각에 얽매이지 말고 자연스러운 사고의 흐름에 나를 맡겨보세요. 더 많은 것들이 보일 거예요.

작은 것에도

각자의 의미가 있어요

어떤 대상의 가치는 아주 사소한 부분에서도 찾을 수 있어
요. 지금 하고 있는 일이 너무 사소해서 의미없게 느껴지더
라도 그 안에는 분명 당신이 발견하지 못한 빛나는 가치가
숨겨져 있을 거예요. 익숙함에 발견하지 못한 것은 아닌지,
다시 한번 살펴보세요.

한 걸음 나아가면
나의 시야도 한 뼘 넓어져요

인생이 아무것도 보이지 않는 거센 물줄기를 거슬러 올라가는 것처럼 고되게 느껴질 때가 있습니다. 하지만 그속에서 한 걸음 전진할 때마다 변화하는 자신의 모습 발견할 수 있을 거예요. 익숙함과 편안함 속에서 멈춰 서지 않기 위해서는 변화의 흐름에 자신을 맡기는 것이 좋아요. 거센 흐름을 거슬러 오르며 단단해진 생각과 내면이 더 멋진 세계를 만날 수 있도록 도와줄 거예요.

행복해지겠다는 굳은 다짐을 해봐요

✂

행복해지고 싶다면 행복해지겠다는 다짐을 해보세요. 그렇게 하면 굳은 의지로 부정적인 감정을 가라앉힐 수 있어요. 기억하세요. 슬픔이라는 감정은 언제든 우리를 속이려 한다는 사실을요. 수시로 행복하겠다고 다짐하면 자신도 모르는 사이 불행이 스며드는 걸 막아낼 수 있을 거예요.

인생의 좋은 것들은
쉽게 얻어지지 않아요

><

불행해지는 것은 쉽지만 행복해지는 건 어렵
게 느껴지나요? 그렇다고 단념하지 마세요. '가
치 있는 것에는 고난이 따르기 마련이다'라는
말처럼 어려운 일이기에 얻고자 노력할 가치도
있으니까요.

불안을 혼자
끌어안을 필요는 없어요

음식이 목에 걸려 온몸이 경직되면서 불안과 혼
란에 빠진 경험이 있나요? 그럴 땐 삼키려고 하면
더 힘들어져요. 힘을 빼고 뱉으려고 해야 해요. 불
안도 마찬가지에요. 내게 해로운 것은 참고 견디
는 것보다는 토해내는 게 낫답니다.

미키 마우스 ____
나 자신을 사랑해줘

행복해지는 연습을 해요

▰

어떤 일이든 좋은 면과 나쁜 면 모두를 가지고 있어요. 같은 일도 좋은 면을 보면 행복하게 받아들일 수 있고, 나쁜 면을 보면 불행하게 느껴지죠. 그러니 행복해지고 싶다면 좋은 면을 보고자 노력해보세요. 행복한 사람이 되고 싶다면, 긍정적으로 생각하고 행복을 느끼는 연습이 필요하답니다.

행복을 얻는 다양한 방법이 있어요

▸◂

사람은 누구나 부정적인 감정을 가지고 있어요. 하지만 현명한 사람은 그 감정에 쉽게 휩쓸리지 않아요. 그리고 행복은 행복을 느끼려는 다양한 시도를 통해 가까워질 수 있어요. 예를 들어 좋아하는 음악과 그림, 친구와의 대화 등에서도 얼마든지 찾을 수 있어요. 그런 행복 앞에서 우울한 감정은 사라질 거예요.

힘든 순간에
가장 위로가 되어주는 것

><

높은 목표를 가진 사람은 힘들더라도 한 걸음 한 걸음 그
것을 향해 나아갑니다. 그것은 분명 의미 있고 대단한 일이
에요. 하지만 행복은 그 목표점이 아닌 한 걸음씩 나아가는
길목에 숨어 있어요. 우리가 평범하게 보내는 일상에 말이
에요. 일상에서 느꼈던 행복의 기억들이 실패하거나, 실의
에 빠져 힘든 순간에도 나의 버팀목이 되어줄 거예요.

12　　13　　4

하루하루를 나만의 가치로 채워요

▰◣

물질적으로 풍요로운 생활이 보장된다고 행복해질까
요? 마음에 의지할 곳이 없는 사람은 결국 눈앞에 있
는 무료함에 곁을 내주게 되고, 그 무료함은 불행이 스
며들 틈을 만들어낸답니다. 매일매일 자신만의 가치로
일상을 채워보세요. 작고 소박한 일이라도 좋아요

스스로 슬픔에
더 깊이 빠져들진 말아요

▶◀

말에는 강력한 힘이 담겨 있어요. 그래서 한탄하는
말을 내뱉으면 마음속 슬픔이 더 커지고, 커진 슬픔
이 망토처럼 모든 것을 덮어버리지요. 슬픈 이야기만
하다 보면 어느새 감정이 나를 집어삼키고 무엇 때문
이었는지도 잊은 채 슬픔의 늪 속에 잠겨버리고 만다
는 걸 잊지 말아요.

자신에 대한 믿음이
부정적인 마음을 걷어내요

✕

나의 상상이 만들어낸 부정적인 이야기에 휘둘리지 마세요. 그런 생각은 나 자신을 속여 더 부정적인 감정에 휩싸이게 만들죠. 감정이 작을 때는 극복할 수 있고, 또 오래 지속되지 않습니다. 하지만 부정적인 감정에 빠져 몸을 내어주기 시작하면 괴로움은 감당하기 힘든 속도로 커진답니다. 나 자신을 믿으면 부정적인 마음을 걷어낼 수 있어요.

어제는 지나갔고
내일은 알 수 없어요

◄►

우리가 참고 극복해야 할 것은 현재뿐이에요. 과거나 미래 때
문에 괴로워할 필요는 없어요. 과거는 이미 지나갔으며, 미래
는 아직 오지 않았으니까요. 이렇듯 과거나 미래는 우리의 생
각 속에만 존재합니다. 과거를 떠올리고, 미래를 상상하는 것
모두 현재의 실체가 없는 것이라는 뜻이지요. 오늘을 바라보고
살아가는 삶에서 기쁨도 차오를 거예요.

마키 마우스____
나 자신을 사랑해줘

지금 이 순간만 생각하기로 해요

><

지금은 계속해서 이어지는 나의 오늘에 대해 생각할
시간이에요. 시시각각 흘러가는 지금 이 순간을 잘
보내야 다음에 올 순간도 잘 살아갈 수 있으니까요.
그런데 혹시 전혀 알지 못하는 미래를 떠올리며 두려
움에 빠져 있지 않나요. 모든 것은 변하며 모든 것은
지나가기 마련이라는 사실을 기억하세요. 미래도 결
국 내가 살아내기 나름이니까요.

후회하기보다
한 걸음 나아갈 때에요

><

후회할 때는 이미 늦었다는 말이 있어요. 과거를 떠올리며 괴로워하면서 생긴 슬픔은 아무 쓸모가 없다는 뜻이에요. 그 슬픔 탓에 공연히 많은 시간을 의미 없이 흘려보내게 되니까요. 후회하며 시간을 흘려보내기보다는 지금 당장이라도 할 수 있는 작은 것부터 시작하는 것이 좋지 않을까요?

힘든 시간을 보내고 있을 때는 작은 것에도 쉽게 흔들리기 마련이에요. 그러니 실의에 빠진 친구 앞에서는 위로라는 이름으로 부정적인 감정을 드러내지 말고, 작은 것이라도 긍정적인 생각을 심어주세요. 작은 씨앗이라도 삶에 대한 긍정적인 의지가 그 생각을 크게 꽃피울 테니까요.

실의에 빠진 친구에게
긍정의 힘을 보태주세요

따뜻한 말
한마디면 충분해요

섣불리 위로의 말을 건네지 마세요. 그 사람의 입장에
서는 동정받고 있다는 생각이 들지도 모르거든요. 차
갑게 대하라는 건 아니에요. 그저 따뜻한 마음을 보여
주는 것으로 충분해요. 내가 마음을 보여준다면 친구
도 다시 일어설 힘을 얻을 수 있을 거예요.

기쁨은 내일을 비추는 빛이에요

◾

이제 슬픔 말고 기쁨에 대해 이야기하기로 해요. 희
망과 행복한 기분 같은 것들 말이에요. 현명한 이들
은 이것이 바로 행복의 비결이자 내일을 비추는 빛이
라고 말했어요. 슬픔은 부정적인 생각과 증오를 만들
어내지만, 기쁨의 빛은 이런 감정을 사그라뜨릴 거예
요. 제 아무리 숭고한 슬픔이라도 기쁨 앞에서는 빛
을 잃으니까요.

삶을 향한 의지는
어떤 불운도 이겨내요

►◄

누구나 불행을 견뎌낼 힘을 가지고 있습니다. 피할
수 없는 불행이 눈앞에 닥쳐올 때 두 가지 선택을 할
수 있어요. 차라리 죽는 것이 낫겠다며 한탄하거나
혹은 살 수 있는 한 끝까지 살아보겠다며 의지를 다
지는 것. 당신은 어떤 선택을 할 건가요. 우리의 의지
는 생각보다 강한 힘을 가지고 있답니다.

힘든 시간을 이겨낸 사람은
더 강해요

힘든 시간을 이겨낸 이들은 인내심도 강
하고, 기쁨도 더 많이 느낍니다. 지금을
충실히 사는 법을 알기에 일어나지 않은
불행을 상상하며 불안에 떨거나 그 외의
것들에 의미를 두지 않으니까요.

무언가에 집중하는 동안
슬픔은 무뎌져요

▶◀

사라지지 않을 것 같던 슬픔이 별거 아닌 이유로 거
짓말처럼 무뎌지기도 합니다. 지금 나를 슬프게 하는
것이 무엇인지 생각해보세요. 그리고 그것을 잠시 잊
은 채 집중할 수 있는 무언가를 찾아보세요. 몽테스
키는 슬픔을 극복하는 방법 중 하나로 '한 시간의 독
서'를 꼽았습니다. 무언가에 집중하는 동안, 슬픔의
시간은 지나가고 내 마음은 한결 편안해진다는 뜻이
에요. 지금 당신이 집중할 수 있는 일은 무엇인가요.

미키 마우스 ____
나 자신을 사랑해줘

소중한 친구에게 하듯
스스로에게 조언해보세요

▶◀

슬픔은 슬픔을 낳습니다. '나는 불행한 사람이야'라고 한탄만 하다가는 불행한 마음이 점점 키져 결국 웃음을 잃고 건강까지 해칠 수 있어요. 친구가 푸념을 늘어놓으면 우리는 상황을 바꿀 수 없다면 생각을 바꿔보라고 조언하곤 하죠. 마찬가지로 자신에게도 소중한 친구에게 하듯 조언해보세요. 꼭 기억하세요. 그 누구보다 나를 조금 더 사랑하고 소중하게 여겨야 한다는 걸요.

큰소리로 불평하지 말아요

◄►

행복한 삶을 위한 첫 번째 비결은 나의 불행을 큰소리로 말하지 않는 거예요. 우리는 자주 잊고 살지만, 내 불평은 다른 사람의 마음까지 불행하게 만듭니다. 유쾌하고 긍정적인 마음을 가진 사람이라도 부정적인 감정을 자꾸 접하다 보면 결국은 부정적인 감정에 물들고 말아요. 슬픔은 독과 같아서 독에 빠져들 수는 있어도 독으로 지금의 상황이 더 좋아지는 경우는 없어요.

무거운 마음은 가볍게 떨쳐내세요

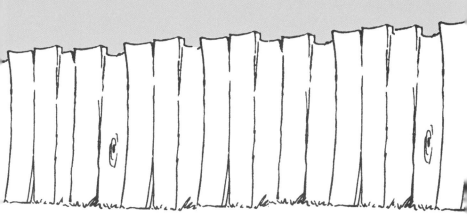

어떻게 사는 것이 정답인지 확실히 아는 사람이 있을까요?
행복의 비결 중 하나는 부정적인 기분에 끌려다니지 않는 거
예요. 부정적인 기분은 무심하게 두면 애쓰지 않아도 쉽게 지
나가기도 하거든요. 이미 저지른 실수 때문에 후회하고 반성
하느라 너무 많은 에너지를 쓰고 있진 않나요? 그러다 보면
무거운 마음을 떨쳐내기 어려워요. 그런 순간 필요한 건 이
부정적인 기분도 곧 지나갈 거라는 믿음이에요.

스스로 적을 만들고 있지 않나요

><

주변에 적이 많아서 인생이 버겁다고 생각하는 사람들이 있어요. 그런데 그런 사람들을 보면 스스로 적을 만드는 것처럼 보이는 경우가 더 많아요. 상대가 나를 싫어할 수밖에 없는 온갖 이유를 갖다 붙이면서요. 정작 상대는 아무런 생각도 없는데 말이에요. 오히려 그런 태도가 상대에게 불편함과 악의를 느끼게 만들죠. 작은 실수를 가지고 악의를 품는 사람은 많지 않아요. 혼자 생각하고, 쓸데없이 불안해하고 절망하며 타인의 악의를 만들어내는 것은 어쩌면 나 자신이랍니다.

3

MICKEY MOUSE

나를 사랑하면
인생은 조금 더
가벼워진다

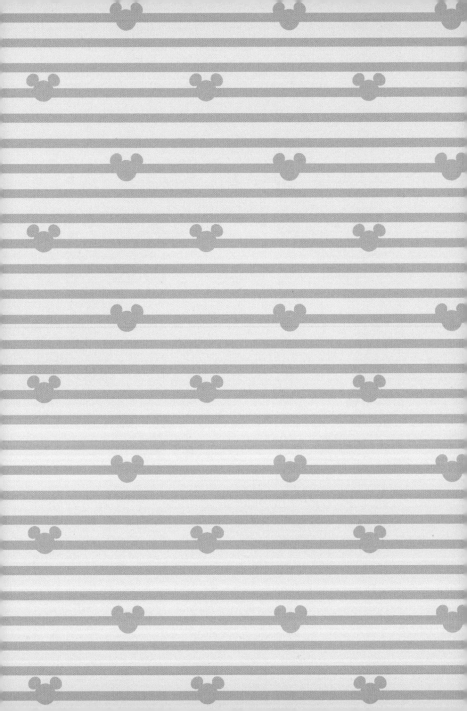

분노에 휘둘리지 말아요

분노 때문에 자신을 잃어버리는 사람들의 공통점은 분노의
원인도 모른 채 공포나 불안 같은 감정에 쉽게 몸을 맡긴다
는 거예요. 화가 나는 이유가 무엇인지 이성으로 생각하고
감정을 통제할 수 있도록 스스로를 단련해보세요. 모든 일에
이성적으로 반응하기는 어렵겠지만, 나에게 무엇이 더 나은
지만 생각해봐도 분노에 사로잡히지 않을 수 있을 거예요.

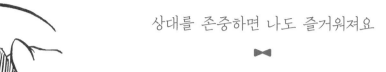

상대를 존중하면 나도 즐거워져요

예의는 일종의 감정을 다루는 도구입니다. 예의
바르다는 것은 몸짓과 언어를 이용하여 이 사람
과의 관계를 망치지 않겠다는 의지를 드러내는
것이지요. 그렇게 하면 상대도 예의를 갖추게 마
련이고 내 마음도 즐거울 수 있어요.

인생이 내게
승부를 걸어온다면

►◄

뛰어난 싸움꾼은 인생이 걸어온 승부를 두려워하지 않아요. 내가 어떤 사람이고, 무엇을 해야 할지에 대해서 정확히 알고 있기 때문이죠. 하지만 겁에 질려 몸을 한번 움츠리기 시작하면 어찌할 틈도 없이 인생이 주는 무게에 압도당하고 말아요. 두려움 때문에 물러서지 말고 조금만 용기를 내 한 걸음 나아가세요. 당신은 분명 웃을 수 있을 거예요.

궂은 날씨에도 아름다움이 숨어 있어요

비가 오는 날에 길은 진흙투성이가 되고, 잔디밭 위에 앉을 수도 없어
요. 하지만 빗방울이 지붕을 두드리고 시냇물이 흐르는 소리가 들립
니다. 공기는 비에 씻겨 더없이 맑고 구름마저 멋지죠. 비오는 날에도
이렇듯 아름다움을 찾을 수 있어요. 날이 흐리다고 방 안에만 웅크리
고 있진 않았나요. 하늘이 어두울수록 밝은 얼굴이 반가운 법이에요.

나의 현실을 있는 그대로 바라보세요

►◄

어떤 골치 아픈 문제든 해결법은 같아요. 파악되지 않은 모든 것을 머리로 계산하고 판단하려 하지 않고, 보이는 현실을 있는 그대로 이해하려고 노력하는 거죠. 넓은 바다를 항해하는 사람은 종종 적막이 나를 삼켜버릴 듯한 공포감에 사로잡히지만, 그건 현실이 아니랍니다. 현실이란 배의 무게와 균형감, 조류, 바람의 방향과 세기 같은 것뿐이에요. 조난을 당하는 원인은 적막함 같은 공포가 아니잖아요. 그러니 내가 통제할 수 있는 현실에만 주의를 집중해보세요.

희망은 내 안에서 자라납니다

⋈

희망이란 스스로 만든 것에서 자라납니다. 그것을 얻는 것은 전적으로 나의 의지에 달려 있죠. 얻은 후에도 끊임없이 애쓰고 가꿔야만 잃지 않아요. 반면 절망은 내 뜻과 상관없이 어디에든 이미 존재하고 있어요. 눈치채지 못한 사이 깊이 스며들고, 고삐를 잡지 않으면 걷잡을 수 없이 커진답니다. 그러니 절망에 빠지지 않으려면 끝없이 희망에 대해 이야기하고 의지를 다잡아야 해요.

생각하는 대로 이뤄질 거예요

➤◀

쓰러질 것 같다고 생각하면 실제로 쓰러질 것 같은 기분
이 들어요. 아무것도 할 수 없다고 생각하면 정말 아무것
도 할 수 없어질 거고요. 맑은 하늘을 만들어낼지, 폭풍우
를 불러올지는 나의 믿음에 달려 있어요. 가장 먼저 내 마
음 깊숙이 자리 잡고 있는 신념을 돌아보세요.

우리는 서로를 비추는 거울이에요

▰

사실 내 기분을 파악하는 것보다는 다른 사람의 기분을 파악하는 것이 더 쉬운지도 몰라요. 객관적으로 볼 수 있으니까요. 다른 사람의 기분을 신중하게 살피다 보면 그 태도와 경험에 비추어 내 기분을 다루는 데에도 능숙해질 수 있어요. 대화를 할 때도 춤을 출 때도 사람은 각자 서로를 비추는 거울이 될 수 있다는 것을 기억하세요.

기쁨을 나누면
나도 더 행복해질 거예요

아름다운 슬픔이라는 말이 있지요. 하지만 그런 말에서
벗어나 가볍고 생동감 넘치는 기분만 마음에 담고 살아
가면 좋겠습니다. 물론 슬픔에 젖어 있는 사람이 있다
면 그의 마음도 헤아려주어야 해요. 대신 즐거움을 나
누어주며 그 사람의 괴로움을 덜어주세요. 그런 마음으
로 사람을 대하면 내 마음도 평온해질 거예요. 이런 마
음이 나의 주변과 나의 마음에도 큰 기쁨을 가져다줄
거고요. 기쁨은 슬픔만큼 전염력이 세니까요.

사랑은 우리를 더 강하게 해요

><

사랑의 감정은 나를 건강하게 만들지만, 증오하는 마음은 나의 몸을 병들게 해요. 내가 좋아하고 사랑하는 것들에 더 많은 시간과 정성을 기울이라는 뜻이에요. 싫은 것이 있다면 한 가지라도 좋은 점을 찾으려 노력해보고요. 그러다 보면 증오하는 마음도 한결 누그러질 겁니다. 그게 내 삶이 더 건강해지는 비결이 돼죠. 사랑은 강하지만 증오는 우리를 약하게 만드니까요.

미키 마우스 ___
나 자신을 사랑해줘

멋진 상상이 기쁨을 가져다줘요

우리를 괴롭게 만드는 것들에서 벗어나는 방법은 의외로 쉬울지 몰라요. 이런 방법이 효과가 있을까 싶겠지만 그런 것들이 오히려 깊은 만족감을 주죠. 먼저 원하는 것과 그에 어울리는 행동을 떠올려보세요. 불면증에 시달리는 사람이라면 깊이 잠든 누군가의 모습을 떠올리는 것도 효과가 있을 거예요. 되고 싶은 모습을 떠올려보는 멋진 상상이 소중한 기쁨을 만들어줄 거예요.

결정할 수 있는 것이
많아질 때 삶이 재미있어져요

◗◖

스스로 결정할 수 있는 일이 많아지는 것은 분명 즐거
운 일이에요. 내가 주체가 되기 때문이죠. 아주 작은 것
이라도 나의 의지를 투영할 수 있는 부분을 찾아보세요.
인생이 훨씬 재미있어질 거예요.

가슴 설레는 즐거움을 누려보아요

삶은 우리의 가슴을 설레게 하는 즐거움으로 가
득해요. 그런데도 그런 즐거움을 누릴 줄 모르
는 사람들은 얼굴을 찌푸린 채 살아가죠. 삶을
조금 가벼운 마음으로 즐겨보세요. 웃는 얼굴
로 세상을 바라볼 때 세상도 나를 향해 웃는 얼
굴로 마주 볼 거예요.

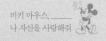

미키 마우스 ＿＿＿＿
나 자신을 사랑해줘

별거 아닌 일은 웃으며 넘겨보세요

▶◀

순간 참지 못해 화를 내고 부끄러웠던 경험은 없나요? 웃는 얼굴과 예의 바른 행동으로 불쾌한 상황을 피할 수 있어요. 사람이 붐비는 곳에서 살짝 부딪혔을 때, 웃으며 넘긴다면 서로 불쾌한 일은 일어나지 않을 테니까요. 사실 순간의 감정을 참지 못하면 격한 분노를 느끼게 되고, 오히려 내 기분이 더 나빠지기도 하지요. 내 기분을 위해서라도 한번 웃어보세요.

TANGLEFOOT

진짜 사랑은 상대의 모습을
바꾸려 하지 않아요

누군가를 만날 때 중요한 것은 서로를
있는 그대로 받아들이고, 스스로에게
최선을 다하는 것입니다. 누군가를 있
는 그대로 받아들이는 것은 대단한 일
이 아니라, 반드시 그렇게 해야 하는 일
이에요. 지금 모습 그대로를 바라보는
것이 진정한 사랑이니까요.

행복에서 비롯된 모든 것은
아름다워요

▰

행복이 바탕이 되어 만들어진 모든 것은 아름다워요. 예술 작품을 한번 보세요. 아름다운 작품을 보며 그 작품을 창조한 작가의 행복함이 전해졌던 적이 있을 거예요. 행복감에서 시작된 모든 일과 행동은 그 자체로 아름답고, 그 사람도 아름답게 만들어준답니다.

행복의 씨앗을 심을 밭을 가꾸세요

모래에는 씨앗을 심어도 아무런 열매도 얻을 수 없어요. 사람도 씨앗을 일굴 대지를 갖지 못하면 행복의 열매를 얻기 힘들어요. 행복해지기 위해 자신의 마음 속 대지를 가꾸는 사람, 그런 간절한 노력을 실천하는 사람은 다른 이들과 행복을 서로 주고받으며 행복을 쌓을 수 있어요. 그러니 나부터 행복해져야 해요.

행복은 가까이 있지만
먼저 다가오지 않아요

▶◀

행복해지고 싶다면 행동하세요. 행복이 문을 열고 찾
아오길 기다린다면 끝내 그걸 얻을 수 없어요. 찾아
오지 않는 행복에 깊은 슬픔을 느낄지도 모르고요.
입버릇처럼 따분하다고 말하면서도 가만히 앉아 있
다 보면 점점 우울해질 거예요. 행복을 위해 일단 한
번 움직여보세요.

모든 일은 나만이 풀어낼 수 있어요

어떻게 하면 소중한 이의 행복을 지킬 수 있을지 궁금한가요?
이렇게 한번 생각해보세요. 마음에 기쁨이 넘치는 사람은 여유
가 있고, 받는 것보다 베푸는 데서 기쁨을 찾곤 합니다. 나의 감
정뿐 아니라 다른 사람의 감정도 돌볼 줄 알기 때문이죠. 사랑하
는 사람의 감정도 생각한다면 내가 할 수 있는 최고의 일은 나
스스로 행복해지는 거예요. 모든 문제의 해결 방법은 나로부터
시작한다는 것을 잊지 마세요.

백 번의 생각보다
한 번의 행동이 더 강해요

▸◂

상상력의 힘은 강합니다. 좋은 쪽이든, 나쁜 쪽이
든요. 예를 들어 앞으로 일어날 위기나 문제들에
대한 생각이 우리의 발을 꽁꽁 묶어두고 아무것도
하지 못하게 만들 수도 있죠. 그렇게 되면 싸워보
기도 전에 지는 셈이에요. 그러니 먼저 행동하고
그 행동을 되돌아보며 생각해보세요.

건강한 몸과
마음이 기본이에요

잠이 오지 않는다고 잠들어야 한다는 생각을 자꾸 하다 보면 반대로 더 잠이 오지 않을 거예요. 몸도, 마음도 마찬가지예요. 불편하고 걱정스러운 부분을 자꾸 머릿속에 떠올리며 스스로를 압박하기보다는 긍정적인 상태를 떠올리며 계속해서 기분을 전환해보세요. 무엇보다 건강한 마음이 건강한 몸을 만드니까요. 몸과 마음은 연결되어 있답니다.

일상을 멋진 시간으로
만들고 싶다면

▶◀

많은 여행자들이 기차 안에서 지루하고 무의미한 시간을 보낸다고 생각합니다. 하지만 기차만큼 근사한 공간은 없을 거예요. 특급열차라면 더욱 그렇죠. 안락한 의자에 앉아 커다란 창을 통해 보는 계절의 풍경은 그날그날 달라서 앨범을 한 장 한 장 넘기는 듯한 기분이 들어요. 이보다 더 멋진 장면이 또 있을까요? 우리의 일상도 그렇답니다.

스스로 쌓은 행복의 성은
더 견고해요

▶◀

우연히 얻은 행운은 삶에서 큰 가치를 가지기 어려워요.
스스로 만드는 작은 행복이 더 소중한 것은 그런 이유에
요. 어른들이 만들어놓은 견고한 집 대신 모래 더미와 블
록으로 자신만의 집을 만드는 아이처럼 말이죠. 모래로 자
신만의 성을 쌓는 아이처럼 자신만의 행복을 쌓아보세요.

하나하나의 과정 속에서
의미를 찾아보세요

갖고 싶은 물건을 손에 넣었을 때보다 그것을 손에 넣
기 위해 애쓰는 시간에 더 충만한 행복감을 느낀 적이
있나요? 어렵게 구한 물건이 겨우 내 손에 들어왔지
만 기쁨보다 허탈함을 느꼈던 적은요? 결과도 중요하
지만 그 과정에서 의미와 가치를 찾는 것도 중요해요.

땀 흘려 얻는 수확은
의미 있는 행복을 가져다줘요

▶◀

내가 뿌린 행복의 씨앗을 거두는 일은 큰 기쁨을 선사해요.
그 과정에서 고생은 좀 하겠지만, 수확을 기다리는 농부에
게 그것은 즐길 수 있는 고통이에요. 물론 주어진 것만으로
도 충분하다고 여기는 사람은 굳이 사서 고생을 할 필요는
없겠죠. 하지만 땀 흘려 얻은 수확만큼 의미 있는 행복이
있을까요? 내가 선택한 고생이라면 그 또한 즐거움의 씨앗
이 될 수 있어요.

좋은 목표란 다다랐을 때
새로운 목적지가
생기는 일이에요

➤◄

마음을 행복으로 채우는 충만감이란 쉽게 얻을
수 있는 것이 아니에요. 계획을 세우고 하나하
나 이루어가는 과정에서 생겨나는 것이죠. 이런
충만감을 느낀 경험은 새로운 목표로 행동하도
록 나를 인도합니다.

함께할 때 더 큰
즐거움을 느껴요

사람은 다른 사람들과 무언가를 함께 이룰 때 더 큰 성
취감과 즐거움을 느낄 수 있어요. 각자의 행복이 모여 더
큰 행복감을 느끼게 하거든요. 팀을 이루어서 하는 운동
경기에도 그런 마음이 담겨 있어요.

감정에 휩싸여 흥분하는 것은 위험해요. 하지만 내게
폭풍을 일으킬 힘이 있다면 진정시킬 수 있는 힘도
있어요. 나의 감정에는 나의 의지가 반영되니까요.
내게 필요한 건 그 힘을 이용하는 법이지요. 가장 먼
저 나부터 행복해져야 합니다. 평화의 결과로 행복해
지는 것이 아니라, 행복이 곧 평화 그 자체이니까요.

나의 감정은 나의 것이에요

처음부터 잘하는 사람은 없어요

>‒◂▸‒

무슨 일을 하든 처음에는 누구나 서툴러요. 일이 몸에
배지 않으면, 어디서 힘을 주고 빼야 할지 알 수 없죠.
그래서 예술이든 스포츠든 대화든 예상과 다르게 흘
러가곤 해요. 익숙해지면 필요한 근육만을 효율적으
로 쓰겠지만 서툰 상태에서는 힘이 너무 많이 들어가
서 고생하게 마련입니다. 하지만 연습하면 얼마든지
숙련될 수 있어요. 세상 모든 일이 마찬가지랍니다.
처음의 실패에 좌절하지 마세요. 꾸준히 연습하면 분
명 당신은 잘해낼 수 있을 테니까요.

미키 마우스 ____
나 자신을 사랑해줘

웃는 얼굴은
상대방도 웃게 만들어요

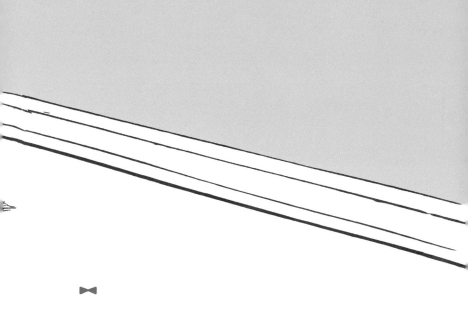

><

초조한 마음이 들 때, 주변 사람들에게 화풀이를 하는 겁쟁이
들이 있어요. 그들의 마음을 금방 녹이는 방법이 있죠. 어느 쪽
이든 먼저 웃는 얼굴을 보이면 상황이 해결된답니다. 기분은
구름이 형태를 바꾸듯 쉽게 변하기 때문이에요. 이런 지혜를
가진 당신이 먼저 한번 웃어보세요.

유쾌함은 주변을 행복으로 물들입니다. 다른 사람과 주고받는
과정에서 점점 커지는 보물이기도 하지요. 어디에서나, 누구에게
나 나눠줄 수 있고 잃어버릴 위험도 없습니다. 유쾌함은 어떤 환
경에서건 반짝이기 때문이에요.

유쾌함은 가장
근사한 선물이에요

함께 나눈 기쁨은 다시 돌아와요

▶◀

기쁨은 누구에게나 전해질 수 있어요. 친구가 나로
인해 기쁨을 느낄 때, 그 모습을 보는 나까지도 행
복해진 경험이 있을 거예요. 다른 사람에게 나눠준
기쁨은 결국 내게 돌아올 거예요.

좋은 관계를 만드는 현명한 방법

유쾌함의 마법은 언제, 어디서나, 누구에게나 통해요. 매사 부정적이고, 어떻게든 남의 흠을 잡으려는 사람들의 말은 권투 선수의 펀치와 같아요. 잘 피하거나 가볍게 받아넘기 면 그만이죠. 바로 이때 필요한 것이 유쾌함이에요. 유쾌함 은 불쾌한 일도 가볍게 넘길 수 있게 만드니까요.

미키 마우스 _____
나 자신을 사랑해줘

즐거운 표정과 몸짓은
마음에 깊이 전해져요

▸◂

행복한 표정은 누구에게든 좋은 기분을 선사하죠. 친
분이 깊지 않은 사람들에게는 더 좋은 인상을 심어주
기 마련이고요. 그리고 기쁨의 제스처를 취하다 보면
나도 기쁨에 한 걸음 더 가까워짐을 느낄 수 있을 거
예요. 그리고 내 주변 사람들의 얼굴과 몸짓에도 즐
거움이 전해지는 걸 확인할 수 있을 거고요.

행복해서 웃는 것이 아니라
웃어서 행복한 거예요

▰

아기가 처음 웃는 것은 무언가를 표현하기 위해서가
아니에요. 먹는 행위 그 자체가 즐거운 것처럼 웃는
행위 그 자체가 즐거운 것이죠. 비단 웃음에만 관련
된 이야기는 아니에요. 원하는 모습이 있다면 머릿속
에만 머무는 생각이 아니라 때로는 이런 몸짓의 말이
필요하답니다.

작은 것을 나누어
기쁨을 키워나가요

▶◀

행복하게 사는 중요한 비결 중 하나는 '다른 사람을
기쁘게 하는 것'이에요. 거짓말을 하거나 비루하게
아부하라는 뜻이 아니에요. 그저 할 수 있는 선에서
작은 것이라도 나누어 다른 사람을 기쁘게 해주자는
것이죠. 사실 누구나 언제든 할 수 있는 일이에요.

진심을 다해
얻고자 하지 않으면

▰

인생에서 극복할 수 없는 시련이나 커다란 불행은 분명 존재
해요. 최선을 다해 도전하지 않으면 졌다는 생각도 들지 않
을 거예요. 하지만 확실한 건 무언가를 얻고자 하는 의지가
없다면 인생에서 아무것도 얻을 수 없다는 것뿐이죠. 하지만
진심을 다해 얻고자 한다면 분명 당신에게 빛나는 일들이 찾
아들 거예요.

행복한 사람은 성공에 가까워져요

성공한 사람이 모두 행복한 것은 아니지만, 행복한 사람은 이미 성공에 가까이 가 있다는 말이 있어요. 이것을 반대로 생각해보면 기쁨을 찾기 위한 여정을 성공적으로 마치기 위해서는, 떠날 때 이미 배낭에 수많은 기쁨을 넣고 길을 나서야 한다는 소리에요. 행복의 본질을 잘 아는 사람만이 그 길에 다다를 수 있답니다.

나중이 아닌 지금 손에
쥔 것을 보며 살아가요

><

행복은 찾으려 애쓰면 오히려 발견하기 어려워요. 인생의 아이
러니죠. 아무리 크고 좋은 것이라도 아직 손에 넣지 못한 것은
내 것이라고 할 수 없답니다. 작은 것이라도 지금 이 순간 누리
고 있지 않으면 의미가 없고요. 미래에 행복이 있다고 생각하
는 것도 지금 이미 행복을 손에 쥐고 있기 때문이에요. 희망은
행복 속에서 자란답니다.

오래 고민한다고 해서 더 좋은 결론이
나오는 것은 아니에요

►◄

어쩔 수 없거나 이미 결론이 난 문제에 대해서는 더 이상 생각하지 않는 것이 좋아요. 끝없이 돌고 도는 생각은 올바른 결론에 이르는 경우가 거의 없고, 잠에 드는 것을 방해하기만 할 뿐이니까요. 생각하지 않기로 결심하면 마음을 어지럽히던 생각들이 사라져 편안하고 행복한 꿈을 꿀 수 있게 될 거예요.

월트 디즈니는 아이들만이 아닌 어른들도 함께 웃고 공감할 수 있는 만화를 만들고 싶어 했습니다. 그래서 그 안에 자신이 사랑하는 삶의 메시지들을 숨겨 두었습니다. 어린 시절 보았던 디즈니 만화를 어른이 되어 보면 그때는 미처 발견하지 못했던 삶에 관한 메시지들을 찾으며 더 큰 감동을 느끼게 되는 이유입니다. 디즈니는 여러 캐릭터를 만들었지만, 그중에서도 미키 마우스는 월트 디즈니 특유의 유쾌함과 삶에 관한 능동적인 태도를 가장 많이 닮은 캐릭터입니다.

여러 번의 실패를 겪고 실의에 빠져 있던 디즈니의 친구가 되어주었던 생쥐가 미키 마우스의 모티브가 되었다는 이야기는 잘 알려진 일화입니다. 그와 관련해서는 여러 가지 설이 있지만, 어찌 되었든 미키 마우스는 포기하지 않고 힘든 순간도 특유의 유쾌함으로 이겨내었던 그에게 인생이 준 선물은 아니었을까요?

그래서 미키 마우스의 이야기에는 포기하지 않는 도전 정신과 유쾌함 그리고 꿈에 관한 희망의 메시지로 가득합니다.

"행복해서 웃는 것이 아니라, 웃어서 행복한 거예요."

책 속 미키 마우스의 말처럼 지금 이 순간 자신을 위해 한번 웃어보세요. 세상의 모든 목소리들이 '실패' 혹은 '포기'를 속삭일지라도, 그런 말들은 유쾌하게 웃어 넘겨보세요. 끝까지 포기하지 않고 수많은 실패를 성공을 향한 과정으로 멋지게 뒤바꾼 월트 디즈니처럼 인생이라는 길 위에는 우리를 위한 수많은 반전들이 기다리고 있으니까요.

살다 보면 불확실한 선택을 해야만 하는 상황도 있고, 견디기 힘든 슬픔을 끌어안아야 하는 순간도 있을 거예요. 그럴 때마다 무리해서 이겨내려 하거나, 슬픔 속에 지나치게 빠져들기보다는 책 속의 미키 마우스처럼 가볍게 웃으며 '이것도 다 지나갈 거야'라고 스스로에게 말해보세요. 그 걸음걸음마다 우리의 친구 미키 마우스가 당신을 응원해 줄 거예요.

내가 웃으면,

If you smile,

상대방도 함께 웃을 거예요.
others will smile back.

옮긴이 정은희

고려대학교에서 영어영문학과를 졸업 후 일본어의 매력에 빠져 일본어로 된 책을 읽으며 번역가의 꿈을 키웠다. 이후 글밥아카데미 번역자 과정을 수료했으며, 현재 바른번역에서 전문 번역가로 활동 중이다. 옮긴 책으로는 《곰돌이 푸, 행복한 일은 매일 있어》, 《곰돌이 푸, 서두르지 않아도 괜찮아》, 《앨리스, 너만의 길을 그려봐》, 《미키 마우스, 오늘부터 멋진 인생이 시작될 거야》 등이 있다.

미키 마우스,
나 자신을 사랑해줘

1판 1쇄 발행 2018년 11월 2일
1판 3쇄 발행 2023년 12월 1일

원작 미키 마우스 **옮긴이** 정은희

발행인 양원석
펴낸 곳 ㈜알에이치코리아
주소 서울시 금천구 가산디지털2로 53, 20층 (가산동, 한라시그마밸리)
편집문의 02-6443-8860 **도서문의** 02-6443-8800
홈페이지 http://rhk.co.kr **등록** 2004년 1월 15일 제2-3726호

ISBN 978-89-255-6465-4 (03800)